Martha
Medeiros

Concepção e Curadoria
Daniel Kondo

Direção Editorial
Suzanne Borela

Organização
Maria Amélia Dalvi

Capa e Projeto Gráfico
Kondo Estudio

Revisão
Alana Fernandes

Assistência Editorial
Tayná Werlang De Carli

Dados Internacionais de Catalogação na Publicação (CIP)
(Câmara Brasileira do Livro, SP, Brasil)

Medeiros, Martha
Dose única : Martha Medeiros / Daniel Kondo ; organização Maria Amélia Dalvi. -- Frederico Westphalen, RS : Vitrola Editora, 2025. -- (Coleção dose única)

ISBN 978-65-6030-070-5

1. Literatura brasileira - Coletâneas 2. Medeiros, Martha 3. Reflexões I. Kondo, Daniel. II. Dalvi, Maria Amélia. III. Título. IV. Série.

25-258096 CDD-B869.8

Índices para catálogo sistemático:
1. Literatura brasileira : Coletâneas B869.8
Cibele Maria Dias - Bibliotecária - CRB-8/9427

COLEÇÃO DOSE ÚNICA

Martha Medeiros

ilustrado por

Daniel Kondo

vitrola

A coleção *Dose Única* traz ao público textos selecionados pela escritora Martha Medeiros, pílulas de pensamento, ousadia, humor, questionamento.

O leitor *habitué* de Martha Medeiros vai (re)encontrar aqui algumas de suas sínteses célebres, em reflexões que vêm pondo o público brasileiro contemporâneo para pensar, ao mesmo tempo que tocam a sensibilidade nesse mundo embrutecido do qual a ternura parece ter sido expulsa.

Transitando com desenvoltura entre as grandes questões humanas desde tempos imemoriais e constatações muito específicas de nosso tempo, a escritora rasura a tênue linha entre alta-costura e artesanato, em nossa língua.

O leitor que ainda não teve um encontro com a obra de Martha Medeiros tem neste volume uma introdução em grande estilo: nas páginas seguintes, os temas e recursos expressivos mais recorrentes da autora se mostram vigorosamente em textos curtos, que podem ser lidos na sequência proposta ou, ainda, em uma ordem guiada pelo próprio desejo e criatividade.

Os textos foram selecionados pela autora, a partir de páginas impressas ou virtuais, de caracteres de imprensa ou *bits* e *bytes* nas redes sociais: a nova disposição, proposta pela organizadora do volume, com a cuidadosa edição da equipe editorial da Vitrola, produz outros sentidos, enriquecidos pelo traço inconfundível de Daniel Kondo – ele mesmo um coautor e primo-ledor dessa reordenação.

Esbaldem-se!

Maria Amélia Dalvi (Organizadora)
Primavera de 2024

SUMÁRIO

PARTE I

O tempo é a minha matéria

O tempo é a minha matéria,
o tempo presente,
os homens presentes,
a vida presente.
(Carlos Drummond de Andrade)

Eu penso conforme o tempo
eu danço conforme o passo
eu passo conforme o espaço
eu amo conforme a fome
eu como conforme a cama
eu sinto conforme o mundo
mas, no fundo, eu não me conformo

Quero que o fato de ter
uma vida prática e sensata
não me roube o direito
ao desatino.

Que eu nunca aceite a ideia
de que a maturidade
exige certo conformismo.

Que eu não tenha medo
nem vergonha de ainda desejar.

Cinema é melhor que pipoca.
Conversa é melhor que piada.
Beijar é melhor que fumar.
Exercício é melhor que cirurgia.
Humor é melhor que rancor.
Amigo é melhor que *influencer*.
Economia é melhor que dívida.
Pergunta é melhor que dúvida.

Sou virgem do Canadá, da Índia,
da Polinésia. Sou virgem de helicóptero,
Jack Daniels, revólver, análise, transa em
elevador, LSD, Harley-Davidson,
cirurgia, rafting, show do Neil Young,
siso e passeata.

A virgindade existencial nos acompanha
até o fim dos dias, especialmente no último,
pois somos todos castos frente à morte,
nossa derradeira experiência inédita.

Morre lentamente quem não vira a mesa quando está infeliz no trabalho, quem não arrisca o certo pelo incerto atrás de um sonho, quem não se permite, uma vez na vida, fugir dos conselhos sensatos.

Não espere
por um diagnóstico,
não espere
por uma data
redonda,
não espere que
algo grandioso
aconteça para
começar a fazer
o que tem vontade.

Ter nascido
já foi grandioso
o suficiente.

Todos os dias
chove ou faz sol,
está frio ou
quente,
úmido ou seco,
e a cada manhã
isso nos parece
um fenômeno sobrenatural
e espantoso.

Não consigo molhar os pés apenas
eu mergulho e só paro quando me afogo
eu me queimo e só paro quando derreto
eu me jogo e só paro quando me param

Sou uma mulher madura
que às vezes anda de balanço
Sou uma criança insegura
que às vezes usa salto alto
Sou uma mulher que balança
Sou uma criança que atura

Envelhecer, quem sabe
não seja assim tão desastroso
me interessa perder essa ansiedade
me atrai ser atraente mais tarde
um pouco mais de idade, que importa
envelhecer, quem sabe
não seja assim tão só

Aspiração em mesa de cirurgia:
doutor, não quero tirar culote,
barriga ou pedaço da coxa
deixe o corpo como está
que tenho mais o que perder.
Arranque-o de mim, doutor,
é deste amor que preciso emagrecer.

Quando chegar aos 30
serei uma mulher de verdade
nem amélia, nem ninguém
um belo futuro pela frente
e um pouco mais de calma, talvez

e quando chegar aos 50
serei livre, linda e forte
terei gente boa do lado
saberei um pouco mais do amor
e da vida, quem sabe

e quando chegar aos 90
já sem força, sem futuro, sem idade
vou fazer uma festa de prazer
convidar todos que amei
registrar tudo que sei
e morrer de saudade

Quanto mais escrava
mais escrevo
para libertar essa mulher da vida
que me habita

De mim que tanto falam
quero que reste o que calei
que tanto rezam por mim
quero que fique o que pequei
de mim, que tanto sabem
quero que saibam
que não sei

Mulherão é aquela que pega
dois ônibus para ir para o trabalho
e mais dois para voltar, e quando
chega em casa encontra um tanque
lotado de roupa e uma família
morta de fome.

Mulherão é aquela que
vai de madrugada para
a fila garantir matrícula na escola
para os filhos e aquela aposentada
que passa horas
em pé na fila do banco
para buscar uma pensão
de poucos reais.

Mulherão é a empresária
que administra dezenas
de funcionários
de segunda a sexta,
e uma família
todos os dias da semana.

Mulherão é quem
volta do supermercado
segurando várias sacolas depois
de ter pesquisado preços e feito
malabarismo com o orçamento.

Mulherão é aquela
que se depila, que passa cremes,
que se maquia, que faz dieta,
que malha, que usa salto alto,
meia-calça, ajeita o cabelo e se
perfuma, mesmo sem nenhum
convite para ser capa de revista.

Saibamos parar a tempo.

De falar.
De forçar.
De beber.
De postar.

Todo vexame advém
da falta de *timing*.

O ego descontrolado é uma doença
que se tornou epidêmica, um vexame,
só que ninguém se envergonha, ao contrário,
cada um luta pelo seu quinhão
de seguidores e bajuladores.

Uma humilhação viver em função disso.

Adoro massas cinzentas,
detesto cor-de-rosa.

Penso como um homem,
mas sinto como mulher.

Não me considero
vítima de nada.

Sou autoritária, teimosa
e um verdadeiro desastre
na cozinha.

Peça para eu arrumar
uma cama e estrague
meu dia.

Vida doméstica
é para os gatos.

O que faço de bom
faço malfeito

pareço artificial
quando sincera

mera falta de jeito
pra viver

sou a filha predileta
do defeito

Hoje sonhei tão alto
que as aves na minha janela pousaram
e pediram que eu sonhasse mais baixo
porque elas lá em cima voavam

“Eu não sei se teria coragem
de jogar tudo para o alto”.
Sabe.

“Eu não sei por que sou assim”.
Sabe.

O homem do campo
sem o apelo dos neons
dos elevadores e dos aviões
consegue olhar para dentro

o homem urbano
sem ovelhas, colheitas de arroz
sem figueiras nem estrelas
prefere espiar os outros apartamentos

Embarquei minha filha no navio
e disse, minha filha, vai
disse, minha filha vai descobrir
o que há do outro lado do mar
embarquei e disse, vai
minha filha, descobrir o que há
que não se pode contar
disse, vai e olha com teus olhos
o que amor nenhum pode detalhar
vai, minha filha, sonhar
e conhecer o mundo pra melhor navegar
disse, vai, minha filha
atravessar fronteiras e encontrar
o que existe do lado de lá, eu disse
vai que eu fico te esperando aqui,
minha filha, eu fico te aguardando,
eu disse, vai que eu guardo o teu lugar

PARTE II

Um descanso na loucura

Qualquer amor já é um pouquinho de saúde,
um descanso na loucura.
(João Guimarães Rosa)

Sozinho
é uma coisa,
solitário
é outra.

Sozinho
é com,
solitário
é sem.

A felicidade
não mora
num único
endereço.

Ela
tem
uma
escova
de
dentes
em
cada
lugar.

Crianças brincam
de ser cabeleireiras,
empacotadoras de
supermercado, garçonetes,
frentistas.

Nunca brincam de ser
empresárias, industriais,
presidentes.

Há mais alegria em servir
do que em ser servido.

Eu diria
do amor
que o amor
é reto
que o asfalto
do amor
acaba
mas o amor
continua
desbravando
o mato

Desejo que desejes
um ano inteiro
de muitos meses
bem fechados,
que nada fique
por fazer, e desejo,
principalmente,
que desejes desejar,
que te permitas
desejar, pois
o desejo é vigoroso
e gratuito, desejo
que desejes
vitórias, romances,
diagnósticos
favoráveis, aplausos,
mais dinheiro e
sentimentos vários,
mas desejo, antes
de tudo, que desejes,
simplesmente.

Não faz diferença
se você vem amanhã
ou não vem
desisti de esperar
por alguém cuja ausência
me faz companhia

Tudo o que você pensa e sofre
dentro de um abraço se dissolve

Todo ser humano é um cristal.
Manuseie com
cuidado.

Paixão rima
com ilusão,
então me iluda
que eu te iludo,
até que tudo
se transforme
na verdade
mais absoluta.

Quando
dou pra ti,
sou
mulher

Quando dou por mim, solidão

Não era amor,
era uma sorte.

Não era amor,
era uma travessura.

Não era amor,
era sacanagem.

Não era amor,
eram dois travesseiros.

Não era amor,
eram dois celulares desligados.

Não era amor,
era de tarde.

Não era amor,
era inverno.

Não era amor,
era sem medo.

Não era amor,
era melhor.

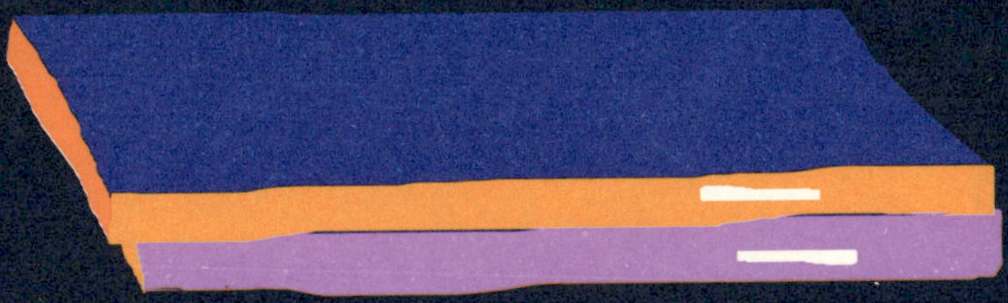

Não quero mudar
o sobrenome que carrego
sustentando meu nome ateu

ele pode vir, eu deixo dormir
na minha cama
mas não quero nada dele
que já não seja meu

Dois, quatro, seis, oito
o par é tranquilizante
um, três, cinco, sete
o ímpar é o amante

Se eu pudesse
te amar de dia
diria que você
é meu sol

mas te amo
tarde da noite
e não como
eu queria

você é meu farol
e já não sei
quem me guia

PARTE III

Martha a*flor*ismática

[...]
No silêncio serenado da noite
eu, partejando o nascer da flor,
[...]
(Cora Coralina)

De nada adianta
levar o corpo para passear
se a alma não sai de casa

Não há ninguém
mais desinteressado
pela vida do que
o dono de uma
estante vazia

Favor não confundir
uma vida sensacional
com uma vida sensacionalista.

Os bonzinhos dão ótimos maridos,
mas suas canções, poemas e pinturas
raramente valem a pena.

Certos amores
não passam de
uma

b

o

m

b

a

a ser desativada
a tempo.

A perdição está sempre atrelada
ao que promete ser bom.

Consumir-se é vício • Legalizem-me já • Consumir-se é vício • Legalizem-me já • Consumir-se é vício • Legalizem-me já •

Consumir-se é vício • Legalizem-me já • Consumir-se é vício • Legalizem-me já •

Consumir-se é vício • Legalizem-me já •

Consumir-se é vício • Legalizem-me já •

As mudanças climáticas
estão aquecendo o planeta
e esfriando as pessoas.

A loucura mora tão perto
que sinto o cheiro do seu feijão.

O sucesso é um acidente.

Sorria!
Seus pensamentos secretos
não estão sendo filmados.

Amadurecer é descobrir que
algumas perdas são inevitáveis,
mas não precisamos nos
agarrar à dor para justificar
nossa existência.

Não importa
a idade que temos,
há sempre
um momento
em que é preciso
chamar um adulto.

Algumas vidas
até podem ser tristes,
outras são desperdiçadas, mas,
num sentido mais absoluto,
não existe vida errada.

Fazer a coisa certa
é sempre um ato revolucionário.

O universo
nunca entrega o
que promete.
Aliás, ele nunca
prometeu nada,
você é que
escuta vozes.

Viajar é correr atrás do nosso
eu ancestral, aquele rebelde
que escapou da domesticação
e que não vê a hora
do reencontro com sua
alma peregrina.

Revendo assim rapidamente
nossa história inacabada
fica um mal-estar
uma coisa meio deprimente
parece que nada aconteceu
de importante
e no entanto foi bom pra nós dois
e antes do depois teve muito durante

Você teria ido sem mim,
mesmo que eu não me atrasasse

Você teria dito tudo aquilo,
mesmo que eu não te ofendesse

Você teria me deixado,
mesmo que eu não propusesse

Você faz tudo o que quer,
mas sou eu que deixo tudo preparado

Espelho espelho meu
haverá no mundo alguém
que reflita mais do que eu?

Mulher andarilha:
cantei um fado em Lisboa
fui boa e covarde em Chicago
saí da trilha em Pamplona
só fui encontrada em Sevilha

Vou chegar atrasada e distraída
como quem saiu do trabalho
e foi direto pro bar

olhar toda hora pro relógio
como se tivesse alguém me esperando
em outro lugar

vou rir bastante, manter um ar distante

e esquecer quanto tempo faz

vou perguntar pelos amigos
e se aceitar carona

deixar cair um brinco no banco de trás

Sou fogo de palha
mas não espalha que eu nego

Quem é você
escondida em meu corpo
que arranca as folhas da agenda
que vive fazendo minha mala
que não reconhece minha letra
quem é você invisível no espelho
que sempre me despenteia

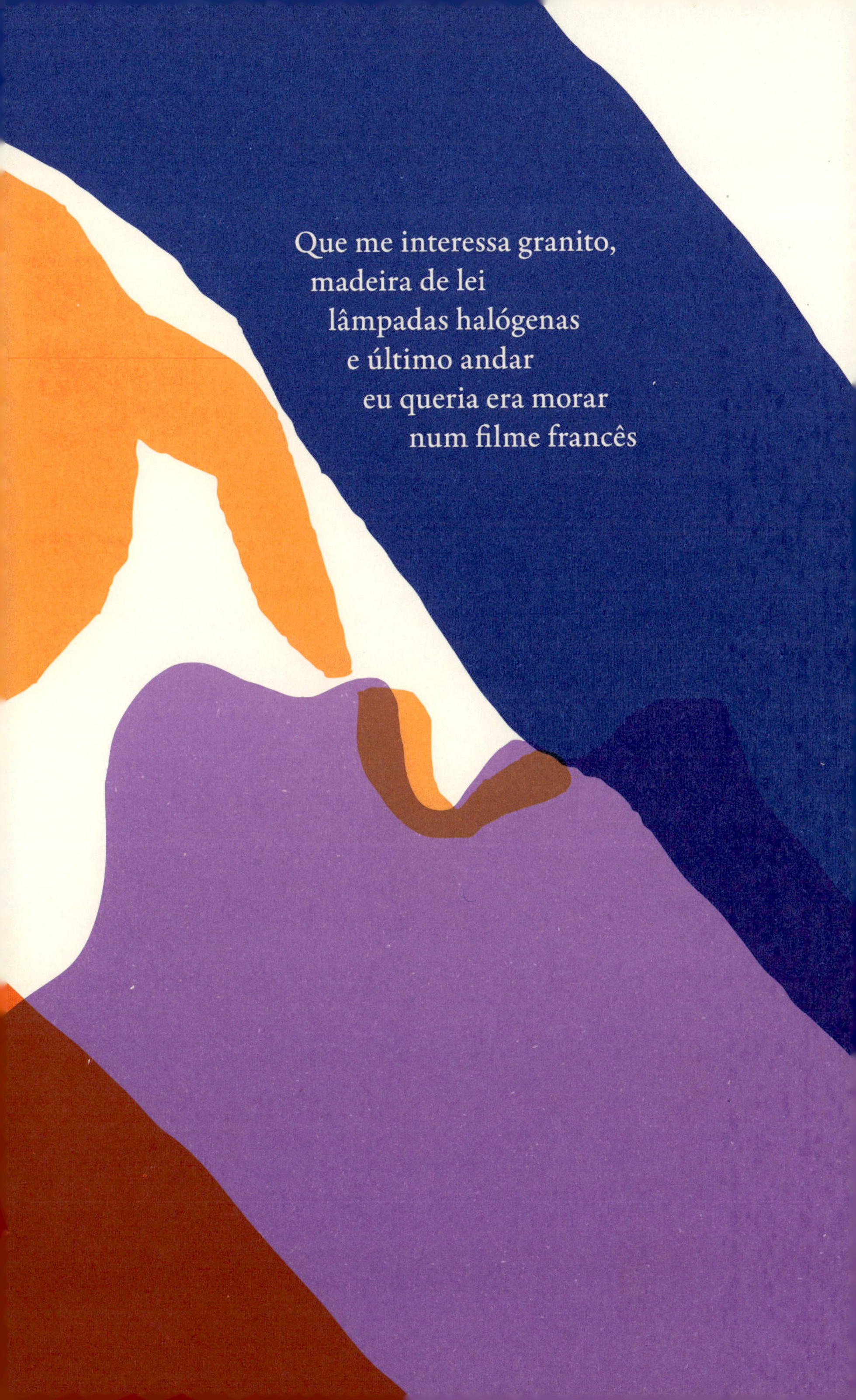

Que me interessa granito,
madeira de lei
lâmpadas halógenas
e último andar
eu queria era morar
num filme francês

Quando é que eu corto a raiz
e passo a sonhar desperta
quando é que se fica esperta
e se passa a viver por um triz
quando é que eu chamo os guris
e deixo minha porta aberta

Prefiro os que têm estoque
aos que deixam tudo à mostra na vitrine

MARTHA MEDEIROS

Martha Mattos de Medeiros nasceu em 20 de agosto de 1961, em Porto Alegre, Rio Grande do Sul. Formou-se em Comunicação Social pela Pontifícia Universidade Católica do Rio Grande do Sul (PUCRS) em 1982 e atuou por 14 anos como redatora publicitária em diversas agências de Porto Alegre.

A carreira literária de Martha teve início com a publicação de livros de poesia, como "Strip-Tease" (Brasiliense, 1985), "Meia-Noite e um Quarto" (L&PM, 1987) e "Persona Non Grata" (L&PM, 1991). Em 1993, decidiu se dedicar integralmente à literatura e mudou-se para o Chile, onde permaneceu por nove meses.

Sua transição para a crônica ocorreu com "Geração Bivolt" (Artes & Ofícios, 1995), seguido por "Topless" (L&PM, 1997), que lhe rendeu o Prêmio Açorianos de Literatura. O reconhecimento nacional veio com o romance "Divã" (Objetiva, 2002), adaptado para teatro, cinema e televisão, consolidando sua posição no cenário literário brasileiro.

Martha também é conhecida por suas colunas nos jornais *Zero Hora* e *O Globo*, onde aborda temas cotidianos com sensibilidade e perspicácia. Suas obras já ultrapassaram a marca de 1 milhão de exemplares vendidos, e títulos como "Doidas e Santas" (L&PM, 2008) e "Feliz por Nada" (L&PM, 2011) foram adaptados para o teatro.

Além da literatura, Martha colaborou com músicos como Frejat e Jota Quest, ampliando sua influência na cultura brasileira.

Apaixonada por viagens, compartilha suas experiências em obras como "Um Lugar na Janela – Relatos de Viagem" (L&PM, 2012).

Atualmente, Martha reside em Porto Alegre, onde continua a escrever e inspirar leitores com suas reflexões sobre a vida e a condição humana.

DANIEL KONDO

Nascido em 1971, em Passo Fundo, Rio Grande do Sul, Daniel Kondo iniciou sua trajetória profissional como ilustrador publicitário, destacando-se por um traço singular que mescla tradição e inovação. Sua versatilidade artística consolidou-o como um dos ilustradores mais reconhecidos do país.

Em 2022, foi laureado com o Prêmio Jabuti na categoria Livro Infantil pela obra "Sonhozzz" (Salamandra, 2020), em parceria com Silvana Tavano. No ano seguinte, "El Rojo Orgulloso" (Morisqueta, 2022), com Alejandra González, integrou a exposição *The BRAW Amazing Bookshelf* na Feira Internacional do Livro Infantil de Bolonha. Em 2025, "Desembarcados" (FTD, 2024), parceria com Guilherme Gontijo Flores e Carol Naine, foi selecionado como um dos 150 livros mais relevantes do mundo, reforçando sua importância no cenário literário internacional.

Kondo também estabeleceu parcerias notáveis com ícones da música brasileira. Trabalhou com Gilberto Gil nos livros "Andar com Fé" (WMF, 2023), numa releitura visual da icônica canção, e "Nós, a gente" (WMF, 2023), reinterpretando 40 canções por meio de suas ilustrações. Em parceria com Djavan, no livro "Açaí + Seca", pela coleção *Letrailustre* (WMF, 2024), captura a essência poética das músicas do cantor e compositor. Com Lulu Santos, criou a obra ilustrada "Lulu Traço e Verso" (Pancho Sonido, 2021) para celebrar a trajetória do cantor, integrando literatura e música de maneira singular.

Daniel reside em Punta del Este, Uruguai, e continua a expandir seus horizontes artísticos, produzindo obras que encantam e inspiram. Sua constante busca por inovação e excelência o consolida como referência nas artes visuais, transformando imagens em narrativas únicas e originais.

VITROLA EDITORA E DISTRIBUIDORA LTDA.
Rua das Camélias, 321 – Aparecida
CEP: 98400-000 – Frederico Westphalen – RS
Tel.: (55) 3744-6878
editora@vitrola.com.br
www.vitrola.com.br